KB132748

교과서 속

세계 명작

파랑새

교과서 속
세계 명작
파랑새

초판 1쇄 2014년 5월 10일
초판 3쇄 2023년 5월 30일

원작 모리스 마테를링크
글 책글놀이
그림 에스더

펴낸이 조영진
펴낸곳 고래가숨쉬는도서관
출판등록 제406-2006-000090호
주소 경기도 파주시 회동길 329(서패동) 2층
전화 031-955-9680 **팩스** 031-955-9682
이메일 goraebook@naver.com

ISBN 978-89-97165-66-7 64800
ISBN 978-89-97165-60-5 64800(세트)

* 값은 뒤표지에 적혀 있습니다.
* 잘못 만든 책은 구입하신 서점에서 바꾸어 드립니다.

KC
품명 : 도서 / **전화번호** : 031-955-9680 / **제조년월** : 2023년 5월
제조국명 : 대한민국 / **제조자명** : 고래가숨쉬는도서관
주소 : 경기도 파주시 회동길 329 2층 / **사용 연령** : 7세 이상

＊KC마크는 이 제품이 공통안전기준에 적합하였음을 의미합니다.

교과서 속

세계 명작

파랑새

원작 모리스 마테를링크
글 책글놀이 **그림** 에스더

고래가 숨쉬는
도서관

양난영 선생님이 콕콕 짚어 주는 독서 활동

책 읽는 것은 재밌는데 독후감 쓰기는 싫은 친구는 없나요? 분명 있을 거예요. 그런데 어른들은 책을 읽고 나면 꼭 느낌을 물어보고, 독후감 쓰기를 강요하지요. 왜 그러냐고요? 독서만큼이나 '쓰기'도 중요하거든요. 쓰기는 반드시 훈련이 필요하답니다. 아무리 책을 많이 읽어도, 말을 잘 해도, 쓰기 훈련이 되어 있지 않으면 마음먹은 대로 글을 쓸 수가 없어요. 이제부터 차근차근 독후감 쓰기 연습을 해 보아요.

■ 독서 전 활동 **두근두근, 어떤 이야기가 펼쳐질까?**

예를 들어 오늘 읽을 책으로 '레 미제라블'을 고른다면 무슨 생각부터 할까요? '레 미제라블'이 도대체 무슨 뜻일까, 지은이는 누구일까, 어떤 이야기일까, 이것저것 궁금하지 않을까요? 그래요. 책 읽기는 이러한 궁금증부터 시작한답니다. 그런 뒤 다음의 활동들이 따라요.

- 책 제목과 표지 그림을 보고 어떤 이야기가 펼쳐질지 상상해 보아요.
- 책 표지와 뒤표지에 있는 글을 읽은 다음, 차례도 순서대로 읽어 보아요.
- 책을 펼쳐 그림만 쭉 보면서 책 내용을 상상해 보아요.

엄마 가이드 글을 잘 쓰기 위한 가장 중요한 비법은 무엇일까요? 막상 책을 덮고 글을 쓰려고 하면 아무런 생각도 나지 않은 경험이 있지요? 우리 어린이들도 마찬가지랍니다. 따라서 다양한 방법으로 독서 전에 흥미와 관심을 유발시켜 주세요. 과학책이나 역사책 등 지식 정보 책을 읽기 싫어하면 관심 있는 주제부터 먼저 읽도록 권해 주세요.

■ 독서 중 활동 **재밌는 곳은 포스트잇을 빵빵!**

책을 읽다가 재미난 장면이나 감동 깊은 장면이 있다면 포스트잇을 빵 붙여요. 중요한 장면에도 포스트잇을 빵 붙여요. 한 번 읽었다고 해서 휙 던져 버릴 것이 아니라 이렇게 저렇게 훑어보고 이야기를 하다 보면 자연스럽게 느낀 점도 말하기 쉽고 글감도 형성된답니다.

- 재미있는 장면이나 중요한 장면이 나올 때마다 포스트잇을 붙여요.

- 두 번째 읽을 때는 포스트잇이 붙어 있는 부분만 골라서 내용을 엮어 보아요.
- 그중 인상 깊은 장면을 세 가지 정도 골라 보아요.
- 감동을 받거나 새롭게 알게 된 사실 등은 다른 색깔로 포스트잇을 붙여요.

■ 독서 후 활동 다양한 활동으로 기억 남기기

- 명장면을 따라 그려요.
- 순서대로 중요 장면을 몇 장면 정해서 그리거나 글로 써 보아요.
- 등장인물을 그림으로 그리고 소개해요(옷, 신분, 나이, 대사 등).
- 마음에 드는 구절을 옮겨 써 보고, 내 생각도 덧붙여 보아요.
- 주인공에게 위로의 편지를 써 보아요.
- 다른 사람에게 읽은 책을 추천하고 그 이유도 세 가지 정도 써 보아요.
- 마인드 맵으로 이야기의 소재나 주제를 소개해요.
- 상상력을 펼쳐 뒷이야기를 써 보아요.
- 주인공을 내 이름으로 바꿔 새로운 이야기를 엮어 보아요.
- 주인공이나 줄거리, 배경 등이 비슷한 책을 함께 소개해요.

■ 세계 명작을 읽으며 글쓰기 실력 쑥쑥 늘려요!

오랜 시간 동안 세계 여러 나라 사람들에게 사랑받아 온 세계 명작에는 시대와 나라를 뛰어 넘는 인류의 보편적 가치관과 철학이 담겨 있어요. 우리 조상들의 지혜가 담겨 있는 우리고전과 마찬가지로 세계 명작을 통해 우리 어린이들은 어려움을 이겨 내는 용기와 서로 돕는 아름다운 마음씨, 다른 사람에 대한 배려와 예의 등을 자연스럽게 익힐 수 있지요. 세계 명작 속 등장인물이 되어 이야기를 따라가다 보면 읽는 즐거움은 물론 집중력과 상상력까지 길러 준답니다. 세계 명작의 줄거리를 파악하고, 그 안에 담긴 주제의식이나 우리와는 다른 여러 나라의 생활과 풍습, 문화 등에 대해 생각해 보고 독후감 쓰기를 하다 보면 글쓰기 실력도 쑥쑥 늘어날 거예요.

차례

양난영 선생님이
콕콕 짚어 주는 독서 활동 • 4

틸틸과 미틸 • 8

이웃집 할머니 • 13

추억의 나라 • 22

밤의 나라 • 26

숲의 나라 • 32

행복의 나라 • 37

미래의 나라 • 45

파랑새는 우리 집에 • 50

부록 독후 활동 • 57

파랑새

틸틸과 미틸

내일은 크리스마스예요. 부모님은 잠들어 있는 틸틸과 미틸의 얼굴을 슬픈 얼굴로 내려다보았어요. 올해는 결국 아이들에게 줄 크리스마스 선물을 마련하지 못했어요.

엄마는 틸틸의 볼에 입을 맞추고 나서 미틸의 볼에도 다정하게 입을 맞추었어요. 아빠는 미틸의 볼에 먼저 입을 맞추고 틸틸의 볼에 입을 맞추었어요.

부모님이 방을 나가자 먼저 부스럭거린 것은 여동생 미틸이었어요. 미틸은 자는 체하느라고 참고 있던 숨을 길게 내쉬었어요. 오빠 틸틸이 미틸 쪽을 돌아보며 물었어요.

"미틸, 안 잤니?"

"오빠도 안 자고 있었어?"

"응, 잠이 안 와."

틸틸은 이불을 걷고 일어나 앉았어요. 미틸도 오빠처럼 이불을 걷고 자리에서 일어났어요.

"이번 크리스마스에는 산타클로스 할아버지가 못 오신대. 당연히 크리스마스 선물도 못 받겠지?"

미틸이 시무룩한 표정으로 말했어요.

"엄마가 너무 바빠서 산타클로스 할아버지께 와 달라고 부탁할 시간이 없으셨어."

오빠 틸틸도 아쉬워하기는 마찬가지였어요.

"그럼 다른 집은? 우리 앞집도 산타클로스가 안 와?"

"앞집 엄마는 시간이 많잖아."

틸틸이 한숨을 푹 내쉬며 말했어요.

그때 창밖이 환해졌어요. 틸틸은 삐걱거리는 나무 침대 위에서서 창밖을 내다보았어요. 미틸도 오빠 옆에 서서 창밖을 내다보았어요. 그러나 침대 위에서는 검은 하늘밖에 보이지 않았어요. 틸틸은 침대에서 내려가 살금살금 창가로 다가갔어요.

"오빠, 침대에서 나가면 안 돼."

미틸이 얼른 이불 속으로 들어가며 틸틸을 말렸어요. 틸틸은 입술에 손가락을 대며 말했어요.

"조용히 해. 무슨 일인지만 볼게."

틸틸은 살그머니 창문 한쪽을 열었어요. 창으로 하얀 눈송이가 들어와 틸틸의 머리에 살포시 내려앉았어요.

"눈이 내린다!"

어느 틈에 침대에서 빠져나왔는지 미틸이 작은 목소리로 탄성을 질렀어요. 틸틸과 미틸은 나란히 서서 창밖으로 하얀 눈이 펑펑 내리는 것을 구경했어요.

갑자기 앞집 마당이 소란스러워졌어요. 알록달록 꽃등을 단 마차들이 마당으로 들어섰기 때문이지요. 붉은색, 초록색, 파란색, 노란색 불빛이 창문을 통해 들어와 틸틸과 미틸이 있는 방도 꽃밭처럼 변했어요.

"앞집에 꽃등을 단 마차가 두 대나 도착했어. 둘 다 여섯 마리 말이 끄는 큰 마차야."

"남자아이들이 마차에서 내리고 있어. 하나, 둘, 셋…… 모두 열두 명이야."

틸틸이 부러운 듯 말했어요.

"여자아이들이야."

미틸이 침대 옆에 있던 동그란 나무 의자를 가져다 놓고 올라서며 말했어요.

"반은 남자아이들이야! 반바지를 입었잖아."

여섯 명의 소년과 여섯 명의 소녀가 손을 잡고 활기차게 집 안으로 들어갔어요. 집 안에 있는 커다란 크리스마스트리에는 선물 상자들이 주렁주렁 매달려 있었지요.

틸틸은 그 안에 장난감 병정들이 들어 있을 거라고 생각했어요. 미틸은 그 안에 눈이 저절로 감기는 아기 인형이 있을 거라고 생각했어요. 식탁에는 열두 개의 은 접시가 놓여 있고 케이크랑 과자랑 아이스크림이 한가득 담겨 있었어요.

"저 많은 것을 오늘 밤에 다 먹을 건가 봐."

미틸이 침을 꿀꺽 삼키며 말했어요.

"그렇겠지."

틸틸도 입맛을 다셨어요.

"야, 과자를 먹는다!"

"저렇게 큰 걸 한꺼번에 입에 다 넣네."

미틸은 아이들이 먹는 과자를 손가락으로 가리키며 숫자를 세었어요.

"하나, 둘, 셋…… 열둘. 열두 개를 먹었어."

"아, 좋겠다. 저 애들은 얼마나 좋을까?"

틸틸과 미틸은 손바닥 위에 과자가 있는 것처럼 상상하고 하나씩 입으로 가져가 먹었어요. 그러고는 빙글빙글 춤을 추며 둘만의 크리스마스 파티를 열었지요.

이웃집 할머니

그때 문 두드리는 소리가 들렸어요. 춤을 춘다고 쿵쿵 뛰는 바람에 부모님을 깨운 것이 틀림없었어요. 틸틸은 얼른 창문을 닫고, 미틸은 의자를 제자리에 갖다 놓았어요.

그러나 틸틸과 미틸이 침대로 돌아가기도 전에 문이 열렸어요. 뜻밖에도 문을 열고 들어온 사람은 부모님이 아니라 이웃집 할머니였어요.

이웃집 할머니는 아이들에게 다짜고짜 물었어요.

"너희 집에 파랑새가 있니?"

틸틸과 미틸은 갑작스러운 방문에 놀라 아무 말도 못 하고 이웃집 할머니를 멍하니 바라보기만 했어요. 이웃집 할머니는 키가 작았어요. 그리고 등에 커다란 혹이 불룩하게 솟아 있었지요. 코는 또 얼마나 긴지 조금만 더 길면 턱에 닿을 것만 같았어요. 구부러진 코끝이 빨개서 붉은 꽃이 핀 선인장 같기도 했지요. 할머

니는 지팡이를 짚고 방 안으로 절뚝절뚝 들어왔어요.

틸틸은 대답 대신 고개를 돌려 새장을 쳐다보았어요. 미틸은 무서운지 오빠의 팔을 꽉 붙잡았어요. 이웃집 할머니는 새를 자세히 보기 위해 절뚝절뚝 새장으로 다가갔어요. 그러자 틸틸이 할머니 앞을 막아서며 말했어요.

"제 새는 산비둘기예요."

틸틸은 할머니가 당장이라도 새를 빼앗아 갈까 봐 겁이 났어요. 할머니는 틸틸의 얼굴을 가만히 들여다보았어요. 할머니의 두 눈이 슬픔으로 어두워졌지요.

"내 손녀가 아프단다. 아무것도 먹지 못해. 다리에 힘이 없어서 들판을 달리지도 못하고 꽃 모자를 만들 수도 없단다. 그 애가 파랑새를 갖고 싶어 해. 파랑새가 있으면 행복할 거라는구나. 틸틸, 나한테 네 새를 주지 않겠니?"

할머니의 말에 마음이 약해진 틸틸은 할머니를 위해 길을 비켜 주었어요. 할머니는 새장을 내려 나무 의자 위에 올려 두고 자세히 살폈어요. 달빛이 새장을 환하게 비추었어요.

"얘들아, 이 새는 파랑새가 아니구나."

할머니는 새장을 틸틸에게 돌려주고 절뚝절뚝 침대로 다가가 침대 모서리에 털썩 주저앉았어요. 틸틸과 미틸은 할머니도, 할머니의 손녀도 가여웠어요.

"할머니, 그럼 이제 어떻게 해요?"

"글쎄다. 이제 파랑새를 어디 가서 구한담?"

할머니의 길고 구부러진 코를 타고 눈물방울이 뚝뚝 떨어졌어요.

그때 밖이 또다시 소란스러워졌어요. 미틸이 얼른 창가로 쪼르르 달려가 밖을 내다보았어요.

"오빠, 마차가 또 왔어. 이번에도 말이 여섯 마리야."

틸틸도 창가로 달려가 앞집을 살폈어요. 할머니도 지팡이를 짚고 절뚝거리며 창가로 다가왔어요. 집 안에 있던 아이들이 새 손님을 맞으려고 달려 나왔어요.

"저 애들은 참 좋겠죠?"

틸틸이 부드러운 목소리로 말했어요.

"저 애들이 부럽니? 예쁜 옷을 입고, 매일 맛있는 걸 먹고, 근사한 집에 살아서?"

"그럼요."

"너희들이 입은 옷도 예쁘고, 너희들이 먹는 음식도 맛있고,

너희들이 사는 집도 근사하단다.”

“우리 옷은 비단이 아니고 맛있는 음식 대신 매일 맛없는 감자를 먹잖아요. 또 우리 집은 작고 낡았어요.”

미틸이 볼멘소리로 말했어요.

“그렇지만 너희들은 예쁘고, 엄마가 해 주시는 음식도 맛있잖니? 또 너희 집은 따뜻하고 아름답지.”

“잘 보세요. 어두워서 낡은 게 잘 안 보이는 거예요.”

틸틸이 말했어요.

“아니야. 너희들이 잘 못 보는 거란다.”

“제 눈이 얼마나 좋은데요. 시계탑의 시간도 제가 읽어요.”

그러자 할머니가 틸틸의 얼굴을 똑바로 보며 물었어요.

“네 눈이 그렇게 좋다면 나를 보고 얘기해 보렴. 내가 잘생겼니, 못생겼니?”

틸틸은 아무 말도 하지 못했어요.

“그럼 네가 보기에 내 코가 갈고리처럼 생겼니? 네 눈이 그렇다고 말하고 있구나. 그럼 내 등은? 다른 사람들처럼 너도 내 등이 굽었다고 놀릴 테냐?”

“아니에요. 할머니 등은 조금 휘었을 뿐인걸요.”

틸틸은 가엾은 할머니를 놀리고 싶지 않았어요.

틸틸의 말에 할머니는 빙그레 웃으며 틸틸과 미틸의 손을 따뜻하게 감싸 쥐었어요.

"얘들아, 보이는 게 다가 아니란다. 보이지 않는 게 더 중요한 법이야. 사랑하는 마음만 있다면 모든 것이 다 예뻐 보인다는 것을 기억하렴."

틸틸과 미틸은 할머니가 더는 무섭지 않았어요. 오히려 따뜻하고 다정하게 느껴졌지요.

"틸틸, 미틸, 너희들이 나 대신 내 손녀를 위해 파랑새를 찾아다 주지 않겠니?"

할머니는 간절한 눈빛으로 두 사람을 바라보았어요. 틸틸과 미틸은 할머니의 부탁을 차마 거절할 수가 없었어요.

"그렇게 할게요. 하지만 우리는 파랑새가 어디에 있는지 몰라요. 할머니가 함께 가 주실 건가요?"

"나는 손녀를 간호해야 한단다. 그 대신 함께 가 줄 친구들을 소개시켜 줄게."

할머니의 말에 틸틸과 미틸의 눈이 호기심으로 빛났어요. 할머니는 소매 밑에서 알록달록한 모자를 하나 꺼냈어요.

“이건 시간을 거꾸로 돌리는 마법 모자란다. 모자를 쓴 뒤 모자에 달린 이 다이아몬드 단추를 돌려 보렴.”

틸틸은 할머니에게서 모자를 받아 머리에 쓰고 다이아몬드 단추를 돌렸어요. 그러자 정말 믿을 수 없는 일이 일어났어요. 등이 굽은 이웃집 할머니는 아름다운 여왕으로 변하고 초라한 오두막 집은 보석을 박은 것처럼 반짝반짝 빛이 났어요. 마법은 이뿐만이 아니었어요. 괘종시계의 문이 열리며 시간의 요정들이 튀어나와 손을 잡고 춤을 추었어요. 또 찬장 속에 있던 반죽 그릇에서 뚱뚱한 몸집을 한 빵의 요정이 기어 나왔어요.

난로 안에서는 붉은색과 노란색 옷을 입은 불의 요정이 튀어

나왔어요. 서랍 속의 막대 사탕도 점점 길어지더니 긴 손가락을 가진 사탕의 요정이 되었어요. 수도꼭지는 진주처럼 반짝이는 물방울들을 쏟아내고 '찰랑찰랑!' 고운 노랫소리를 내더니 눈물을 그렁그렁 매단 물의 요정으로 변했어요.

침대 밑에서 잠을 자던 개 틸로와 새침떼기 고양이 틸레트도 사람처럼 두 발로 선 요정이 되었어요. 개의 요정이 틸틸에게 다가와 인사했어요.

"난 개의 요정이야. 너와 말을 나눌 수 있다니 꿈만 같아."

"나는 고양이 요정이야! 앞으로 잘 부탁해!"

고양이 요정도 미틸에게 새침하게 인사했어요.

그 순간 식탁 위에 있던 램프가 바닥으로 떨어지면서 빨간 불빛이 피어올랐어요. 그리고 불빛 사이에서 밝은 빛을 내는 빛의 요정이 나타났어요.

"우아, 여왕님이다!"

틸틸과 미틸은 방 안에서 벌어지는 광경을 보고 입을 다물지 못했어요. 그때 갑자기 문 두드리는 소리가 들렸어요.

"아빠를 깨운 게 틀림없어."

틸틸이 작은 목소리로 말했어요. 그러자 할머니가 다급한 목소리로 속삭였어요.

"어서 파랑새를 찾으러 떠나는 게 좋겠구나!"

할머니의 재촉에 틸틸이 모자에 달린 다이아몬드 단추를 돌렸어요. 그러자 다이아몬드가 밝은 빛을 내면서 한순간에 사방이 조용해졌어요.

추억의 나라

틸틸과 미틸은 파랑새를 찾으러 가기 전에 추억의 나라에 가서 할아버지와 할머니를 만나기로 했어요. 다른 요정들은 틸틸과 미틸이 추억의 나라에 다녀오는 동안 여행 준비를 하기로 했지요.

추억의 나라는 사방에 두터운 솜이불 같은 안개가 끼어 있었어요. 틸틸과 미틸은 손을 잡고 더듬더듬 앞으로 걸어갔어요.

"오빠, 내 손이 없어졌어!"

미틸이 울먹거리며 말했어요.

"걱정하지 마. 잠깐 보이지 않는 것뿐이니까."

틸틸이 안개에 파묻힌 미틸의 손을 들어 올렸어요.

"오빠, 내 발이 없어졌어!"

미틸이 다시 울먹거렸어요.

그때 발끝에 무언가가 걸렸어요. 안개 때문에 미처 몰랐는데 어마어마하게 굵은 나무뿌리가 가로막고 있었던 거예요. 하늘을 올려다보니, 떡갈나무 잎이 구름처럼 머리 위를 뒤덮고 있었어요.

그때 바람이 불어 떡갈나무 잎을 흔들자, 안개가 서서히 걷히더니 오두막집이 나타났어요. 오두막집 평상에 낯익은 사람들이 앉아서 꾸벅꾸벅 졸고 있었어요. 바로 돌아가신 할아버지와 할머니였어요. 틸틸과 미틸은 할아버지, 할머니에게 반갑게 뛰어갔어요. 할아버지, 할머니도 잠에서 깨어나 틸틸과 미틸을 반갑게 맞았어요.

"틸틸, 미틸, 너희들이 왔구나!"

"할아버지, 할머니, 정말 보고 싶었어요. 여기 계셨으면서 왜 한 번도 우리를 만나러 오시지 않은 거예요?"

"우리도 너희를 보러 가고 싶었단다. 하지만 너희가 우리를 생각해 주지 않으면 갈 수가 없어. 너희가 우리를 생각하면 우린 긴 잠에서 깨어나 너희들을 만나러 간단다."

할아버지, 할머니는 예전 그대로였어요. 오두막집도 옛날에 할아버지, 할머니가 살던 집 그대로였어요. 마당 한가운데에 서 있던 자두나무도, 현관에 걸린 벽시계도 그대로였어요.

"할머니, 검은 개똥지빠귀 새도 그대로 있나요?"

미틸이 집 안을 둘러보며 물었어요.

그때 새장에서 새소리가 들려왔어요.

"네가 기억해 주니 새도 잠을 깬 모양이구나."

틸틸과 미틸은 새장에 앉아 지저귀는 새를 들여다보았어요. 그런데 가만 보니 검은 개똥지빠귀의 깃이 파란색으로 보였어요.

"우리가 찾는 파랑새야!"

틸틸과 미틸은 할아버지, 할머니의 허락을 받아 파랑새를 새장에 넣었어요.

"틸틸, 미틸, 우리를 잊으면 안 된다! 하루에 한 번, 아니면 일주일에 한 번이라도 우리를 꼭 생각해 주렴."

할아버지, 할머니가 헤어지며 말했어요.

"그럴게요. 그럼 안녕히 계세요."

틸틸과 미틸은 할아버지, 할머니에게 작별 인사를 한 뒤 짙은 안개를 뚫고 더듬더듬 왔던 길을 되돌아갔어요. 미틸이 또 울먹거렸어요.

"오빠, 새장이 없어졌어!"

"아냐, 여기 있어."

틸틸은 안개 속에 파묻힌 새장을 위로 쑥 들어 올리며 말했어요. 그런데 이게 웬일일까요? 새장 속의 파랑새가 검은 새로 변해 있었어요.

밤의 나라

틸틸과 미틸은 파랑새를 찾기 위해 밤의 나라를 향해 출발했어요. 빛의 요정은 밤의 나라 안으로는 들어가지 못하기 때문에 밖에서 기다리기로 했어요. 밤의 나라에 도착하자 수백 개의 촛불이 켜진 밤의 궁전이 보였어요. 틸틸과 미틸이 궁전 안으로 요정들과 들어서자 달님처럼 얼굴이 창백한 밤의 여왕이 아이들을 맞았어요. 틸틸이 밤의 여왕에게 공손히 물었어요.

"여왕님, 밤의 나라에 파랑새가 있나요?"

"난 한 번도 파랑새를 본 적이 없단다."

"저희가 직접 찾도록 허락해 주세요."

"내가 왜 그래야 하지?"

"한 소녀를 살릴 수 있는 길이기 때문이죠."

사람의 부탁을 거절하지 못하는 밤의 여왕은 어쩔 수 없이 아이들을 궁전 안으로 안내했어요. 그리고 밤의 나라에 있는 비밀의 문을 열 수 있는 열쇠 꾸러미를 건네주었지요.

틸틸이 첫 번째 청동문 앞에 서서 물었어요.

"여기에는 무엇이 있나요?"

"여러 개의 동굴이 있단다. 동굴마다 사람들에게 불행을 가져다주는 유령들이 살고 있지. 이별의 유령, 슬픔의 유령, 공포의 유령…… 아, 낭떠러지에서 떨어지게 하는 유령도 있단다."

"그 문을 열지 않는 게 좋겠어."

빵의 요정이 오들오들 떨면서 말했어요.

"무서우면 넌 멀찌감치 떨어져 새장이나 꽉 잡고 있어."

"오빠, 나도 무서워. 집에 돌아가고 싶어!"

미틸이 울먹거렸어요. 그러자 사탕의 요정이 긴 손가락 하나를 분질러 미틸에게 주었어요.

"달콤한 막대 사탕을 먹으면 좀 괜찮을 거야."

개의 요정은 틸틸 곁에 바짝 붙어서 든든하게 지켜 주었어요. 틸틸은 '찰칵' 하고 열쇠를 돌린 뒤 조심스럽게 문을 열었어요. 그러자 눈 깜짝할 사이에 다섯 명의 유령이 동굴에서 빠져나오더니 출구를 찾아다녔어요.

"어서 문을 닫아라! 유령들이 다 빠져나오면 세상은 불행으로 가득 찰 거야!"

밤의 여왕이 다급히 외치며 채찍을 휘둘러 유령들을 문 안으로 들여보냈어요. 빵의 요정은 비명을 지르면서 새장을 흔들어 댔어요. 개의 요정은 무서운 이빨로 유령들의 목덜미를 물어서 안으로 들여보냈어요.

"휴, 정말로 큰일 날 뻔했구나. 그런데도 또 다른 문을 열겠니?"

"그럼요. 아직 파랑새를 찾지 못했잖아요."

틸틸은 이렇게 말하며 두 번째 문 앞에 섰어요. 밤의 여왕이 또다시 주의를 주었어요.

"여긴 전쟁의 유령이 사는 곳이니 더 조심해야 해!"

틸틸은 열쇠 구멍에 열쇠를 넣고 돌린 뒤 문을 아주 조금만 열었어요. 무시무시한 소리가 들리더니 전쟁의 요정들이 문을 밀고 나오려고 했어요.

"도와줘! 전쟁의 요정들은 정말로 힘이 세!"

틸틸이 문을 급히 밀며 외치자 모두가 달려들어 문을 닫았어요. 문이 완전히 닫히자 틸틸이 수줍은 듯 말했어요.

"파랑새는 저런 곳에 있지 않을 것 같아요."

"저런 곳에서 살다간 금방 잡아먹히고 말겠지. 이제 알겠니? 여기는 어디에도 파랑새가 없단다."

"아니에요. 빛의 요정이 여기에 파랑새가 있다고 했는걸요. 그리고 아직 열어 보지 못한 문도 있잖아요!"

틸틸은 이렇게 말하고 그다음 문 앞으로 갔어요. 밤의 여왕은 치가운 표정으로 말했어요.

"여기는 질병의 유령들이 사는 방이야. 인간들이 좋은 약과 치료법을 개발하는 바람에 지금은 다들 어둠 속에서 자고 있지."

틸틸이 열쇠로 문을 열었어요. 동굴 안은 잠잠했어요. 밤의 여왕의 말대로 모두 축 늘어져 있거나 잠들어 있었기 때문이지요.

"여기에도 파랑새는 없을 것 같아요."

틸틸이 실망하며 문을 닫으려고 하자, 잠옷을 입은 아이가 코를 훌쩍거리면서 나왔어요.

"저 아이는 누구예요?"

"감기란다. 질병의 유령 중에서는 약한 편이지만 그래도 조심하지 않으면 저 아이처럼 코를 훌쩍거리게 될 거야."

밤의 여왕은 감기 유령의 엉덩이를 찰싹 때려 동굴 속으로 밀어넣었어요. 그사이 틸틸은 밤의 궁전 한가운데 있는 가장 큰 문 앞에 섰어요.

"그 문은 절대로 안 돼! 그 방을 열면 누구든지 그 자리에서 죽게 될 거야."

밤의 여왕이 깜짝 놀라며 소리쳤어요. 밤의 여왕은 매우 초조하고 불안해 보였어요.

미틸은 그만 돌아가자고 틸틸의 손을 잡아끌었어요. 빵의 요정과 사탕의 요정은 벌써 기둥 뒤로 숨었어요. 고양이 요정은 처음부터 어디론가 숨어서 단 한 번도 모습을 드러내지 않았어요. 오직 개의 요정만 틸틸 곁에 남아 있었지요.

"틸틸, 내가 널 지켜줄게!"

개의 요정이 말했어요. 틸틸은 용기를 내어 문을 열었어요. 그런데 뜻밖에도 문 안쪽으로 푸른 초원이 끝없이 펼쳐져 있었어요. 달빛이 환하게 비치는 밤하늘에는 파랑새들이 날개를 활짝

펴고 훨훨 날아다녔지요.

“파랑새야! 수백 마리, 아니 수천 마리나 돼.”

틸틸이 탄성을 지르며 미틸과 요정들을 불렀어요.

파랑새는 아이들의 손에 내려앉아 아름다운 노래를 불렀어요. 틸틸과 미틸, 그리고 요정들은 파랑새를 양손에 한 마리씩 잡아 밤의 나라를 나왔어요. 밤의 나라를 나서자 서서히 동녘 하늘이

밝아지며 빛의 요정이 다가왔어요.

"드디어 우리가 파랑새를 찾았어요!"

틸틸이 흥분한 목소리로 외쳤어요. 그러나 밤의 나라를 나온 파랑새들은 하나같이 머리를 축 늘어뜨린 채 움직이지 않았어요.

"이게 어떻게 된 일이지?"

미틸은 실망하여 눈물을 흘렸어요.

"미틸, 울지 마. 우리가 찾는 파랑새는 달빛 아래서뿐만 아니라 햇빛 아래에서도 씩씩하게 날아다닐 수 있어야 해. 우리는 파랑새를 꼭 찾을 수 있을 거야. 자, 이제 숲으로 가서 파랑새를 찾아보자!"

틸틸이 미틸을 달래며 말했어요.

숲의 나라

틸틸과 미틸은 어두워질 즈음에 숲의 나라에 도착했어요. 틸틸은 모자에 달린 다이아몬드 단추를 돌렸어요. 그러자 나뭇잎 스치는 소리와 함께 나무 줄기에서 나무 요정들이 나왔어요. 나무의 요정들은 아이들을 보고 잎사귀를 흔들면서 고함을 질렀어요.

"사람이 나타났어!"

"사람은 우리를 함부로 베고 자르지!"

그때 숲의 여왕이 어둠을 뚫고 다가왔어요. 숲의 여왕은 참나무 잎으로 만든 왕관을 쓰고 나무 지팡이를 짚고 있었어요. 그런데 가만히 보니 숲의 여왕의 어깨 위에 파랑새가 앉아 있아 있는 게 아니겠어요? 틸틸이 자기도 모르게 소리쳤어요.

"파랑새야! 숲의 여왕님, 그 새를 저희한테 주실 수 없나요?"

"파랑새는 숲의 행복과 비밀을 지켜 주는 새야. 파랑새를 잡으러 온 것을 보니 너희도 잔인한 사람들과 다를 게 없구나."

숲의 여왕은 나무의 요정들과 동물의 요정들을 불러 위엄 있게 물었어요.

"누가 저 아이들을 혼내 주겠느냐?"

그런데 아무도 앞으로 나서지 않았어요. 그러자 숲의 여왕이 소나무를 지목했어요.

"여왕님, 전 최근에 곤충들의 습격을 받아서 건강이 좋지 않아요. 상수리나무에게 맡기는 게 어떨까요?"

그러나 상수리나무도 박달나무에게 미루고 뒤로 빠졌어요.

"너희 모두 사람을 두려워하고 있구나. 저렇게 작은 아이인데도 무섭단 말이냐?"

숲의 여왕이 호통을 쳤어요. 그때 황소가 앞으로 나서며 말했어요.

"제게 맡겨 주세요. 이 단단한 뿔로 혼을 내 주겠어요."

"우리가 너에게 뭘 잘못다고 그러니?"

틸틸이 따지듯 물었어요.

"사람들은 황소들을 이용만 하고 잡아먹지. 난 그 복수를 하고 싶을 뿐이야."

"오빠, 무서워."

미틸이 겁을 집어먹고 말했어요. 하지만 틸틸은 용감하게 맞섰어요.

"우리는 너희를 미워하지 않아. 너희에게 피해도 주지 않을 거야! 우리를 그냥 보내 줘!"

"이런, 어린아이가 꽤 용감하구나."

황소가 얼른 공격을 못 하자 성질 급한 말이 앞으로 나왔어요.

"내 발로 힘껏 걷어차 주지."

틸틸은 말을 쏘아보며 더 큰 목소리로 외쳤어요.

"난 하나도 두렵지 않아! 미틸, 오빠 뒤로 와. 오빠가 널 지켜 줄게!"

그러자 말도 뒷걸음질을 치며 말했어요.

"난 더 이상 못 싸우겠어. 저 아이는 기가 전혀 죽지 않아!"

산돼지가 그 모습을 보고 비웃었어요.

"저런 겁쟁이들! 얘들아, 우리가 나서서 사람들이 얼마나 못된 짓을 했는지 똑똑히 깨닫게 해 주자!"

산돼지의 말에 곰과 늑대가 틸틸을 둘러쌌어요.

"그만둬! 우리는 나쁜 짓을 하지 않아. 우리는 병에 걸린 소녀를 도우려고 숲에 온 것뿐이야!"

틸틸이 소리쳤지만 아무도 그 말을 듣지 않았어요.

결국 틸틸과 개의 요정은 숲의 동물들과 맞서 싸움을 할 수밖에 없었어요. 하지만 상대의 숫자가 너무 많아 금세 지치고 말았어요.

그때 빛의 요정이 새벽빛과 함께 다가왔어요.

"저길 봐! 빛의 요정이야."

개의 요정이 반가워하며 외쳤어요. 빛의 요정을 본 나무 요정과 동물들은 허둥지둥 달아났어요. 숲의 여왕도 어디론가 사라지고 없었지요. 빛의 요정은 환한 미소를 지으면서 틸틸에게 다가왔어요.

행복의 나라

그 뒤에 틸틸과 미틸이 도착한 곳은 행복의 나라였어요. 행복의 나라에 들어서자 푸른 잔디가 깔린 정원이 한없이 펼쳐져 있었어요. 높은 대리석 기둥이 떠받히고 있는 행복의 궁전은 온통 금으로 장식되어 번쩍번쩍 빛이 났어요. 틸틸 일행은 비취 탁자가 있는 커다란 방으로 들어갔어요. 식탁에는 먹음직스러운 음식이 가득 차려져 있고, 어마어마하게 살찐 사람들이 둘러앉아 즐겁게 웃고 떠들며 음식을 먹고 있었어요.

"저 사람들은 누구죠?"

"사치의 요정들이야! 요정들이 아마 너희들을 식탁으로 초대

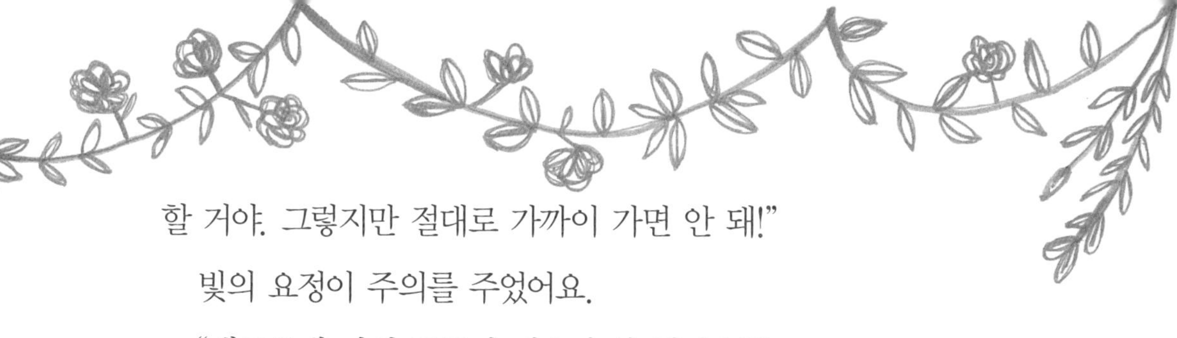

할 거야. 그렇지만 절대로 가까이 가면 안 돼!"

빛의 요정이 주의를 주었어요.

"배고픈데 가서 조금만 먹으면 안 될까요?"

"안 돼. 저 음식들을 먹으면 너희가 해야 할 일을 모두 잊고 말 거야."

그때 뚱뚱한 사치의 요정이 다가와 말을 건넸어요.

"안녕, 친구들! 난 사치의 요정 가운데 가장 으뜸인 돈의 요정

이란다. 내 친구들을 소개할게. 얼굴이 둥글고 예쁜 이 요정은 허영의 요정이야. 저 요정은 아무것도 모르는 무지의 요정이야. 귀가 완전히 멀어서 아무것도 들리지 않지. 그 옆의 쌍둥이 요정은 먹기만 하는 요정이야. 배가 고프거나 목이 마르지 않아도 항상 먹어 대지. 자, 우리와 함께 우리 식탁으로 가지 않을래?"

"초대해 줘서 고마워. 하지만 우리는 시간이 없어. 파랑새를 찾아야 하거든. 혹시 파랑새를 본 적이 있니?"

틸틸이 말했어요.

"파랑새라고? 이름은 들어 본 것도 같아. 하지만 먹을 수도 없는 새를 찾아서 뭐 하려고?"

돈의 요정이 허리를 꼿꼿이 세우고 말했어요.

틸틸이 돈의 요정과 얘기를 나누는 사이에 미틸과 다른 요정들은 벌써 식탁에 앉아 음식을 먹고 있었어요. 틸틸이 말렸지만 소용이 없었어요. 먹는 데만 신경이 쏠려 틸틸의 목소리를 듣지 못했거든요.

"빨리 다이아몬드 단추를 돌려!"

빛의 요정이 틸틸에게 속삭였어요. 틸틸이 모자에 있는 다이아몬드 단추를 돌리자 순식간에 식탁이 사라지고, 뚱뚱한 요정들이 바람 빠진 풍선처럼 쭈글쭈글해졌어요. 화려한 옷은 누더기로 변하고 기름진 음식들이 차려진 식탁도 사라졌어요. 요정들은 서로의 모습을 보고는 울부짖으며 행복의 나라 옆에 바로 붙어 있는 불행의 동굴로 들어가 숨어 버렸어요.

"돈이 없거나 외모가 아름답지 못해도 세상에는 많은 행복이 있단다. 사람들이 그걸 발견하지 못할 뿐이야. 마음의 눈을 뜨면 참된 행복이 보일 거야."

빛의 요정이 안타까워하며 말했어요.

"어머나, 저 아이들은 누구지?"

미틸이 분수대에서 놀고 있는 어여쁜 아이들을 가리키며 말했어요.

"저 아이들은 모두 행복이야. 노래하고 춤추고 마음껏 웃을 수 있지만 아직 말은 못 해."

그때 예쁜 드레스를 입은 아이들이 다가와 인사를 건넸어요.

"안녕, 틸틸! 안녕, 미틸!"

"너희는 누구지?"

틸틸이 머리를 갸웃하며 물었어요.

"우리는 너희 집의 행복이야. 언제나 너희 가족과 함께 살고 있지."

"우리 집에도 행복이 있다고?"

"이런 바보, 너희 집은 행복으로 가득 차 있어. 지붕이 날아갈 만큼 우리가 큰 소리로 노래하고 춤추는걸."

얼굴이 사과처럼 빨간 행복이 섭섭해하며 말했어요.

"난 건강의 행복이고 얘는 신선한 공기의 행복이야. 네가 아침에 잠에서 깨어나 문을 열고 밖으로 나가면 우리를 만나게 돼. 너희 옆에는 언제나 행복이 있지. 태양이 지면 황혼의 행복이 찾아가고 그다음에는 별빛이 반짝이는 밤하늘의 행복이 찾아가. 날씨가 흐리면 비의 행복이 진주로 만든 옷을 입고 나타날 거야. 부모님을 사랑하는 행복도 있지. 봄의 행복과 겨울의 행복도 잊으면 안 돼!"

건강의 행복은 틸틸의 집에 있는 행복들을 모두 소개했어요. 틸틸은 그 많은 행복들이 곁에 있다는 사실에 깜짝 놀랐어요.

"너희는 파랑새가 어디에 있는지 아니?"

틸틸이 묻자 행복의 요정들이 큰 소리로 웃음을 터트렸어요.

"넌 아직도 파랑새가 어디에 있는지 모르니?"

"몰라! 그런데 그게 웃긴 일이니?"

행복의 요정들이 웃자 틸틸은 약간 기분이 상했어요. 그러자 행복의 요정들이 사과하며 말했어요.

"비웃은 건 아니니까 화내지 마. 그렇지만 우리가 가르쳐 줄 수는 없어. 파랑새는 너희가 찾아야 해."

그때 천사처럼 아름답고 눈부신 요정들이 틸틸 일행이 있는 곳으로 걸어왔어요.

"정말로 아름다워요! 그런데 저 요정들은 왜 웃지 않죠? 행복하지 않나요?"

"정말로 큰 행복에는 웃음이 따르지 않을 수도 있어. 저 요정들은 커다란 기쁨들이야. 맨 앞에 걸어오는 요정은 정의의 기쁨, 그 뒤는 친절의 기쁨, 이해의 기쁨이야. 가장 뒤쪽 요정이 누군지 알아볼 수 있겠니?"

건강의 요정이 빙그레 웃으며 말했어요.

"글쎄, 누구지?"

틸틸과 미틸은 알 듯 말 듯했어요.

"눈을 크게 뜨고 다시 한 번 봐! 저건 어머니의 사랑의 기쁨이야. 어머니의 사랑보다 큰 기쁨은 없어."

그 순간, 어머니의 사랑이 두 팔을 크게 벌리고 뛰어와 틸틸과 미틸을 꼭 안아 주었어요.

"얘들아, 엄마의 사랑을 몰라보다니 섭섭하구나."

미틸이 얼굴을 붉히며 대답했어요.

"우리 엄마와 비슷하긴 한데 아름답고 눈부셔서 못 알아봤어요. 이 옷은 정말 예쁘네요. 뭘로 만든 거죠?"

"키스와 포옹, 따뜻하고 부드러운 미소! 너희가 엄마한테 키스할 때마다 햇빛과 달빛이 이 옷을 반짝반짝 빛나게 해 준단다. 그런데 여기는 무슨 일로 왔니?"

"빛의 요정이 우리를 이곳까지 데려다 주었어요. 우리는 파랑새를 찾고 있어요."

어머니의 사랑은 빛의 요정에게 인사를 했어요.

"우리 아이들을 끝까지 잘 부탁해요."

그때 미틸이 어머니의 사랑의 품에 뛰어들었어요.

"나는 엄마와 함께 여기 있을래."

어머니의 사랑은 다정한 미소를 지으며 말했어요.

"미틸, 여행을 마치고 돌아오렴. 나는 먼저 집에 돌아가서 너희를 기다리고 있으마."

틸틸과 미틸은 어쩔 수 없이 어머니의 사랑과 작별을 할 수밖에 없었어요. 파랑새를 찾는 일이 급했으니까요.

미래의 나라

잠시 뒤 틸틸과 미틸은 기둥도 마루도 온통 파란색인 궁전 앞에 도착했어요. 그곳은 미래의 나라였어요. 미래의 나라에서는 파란 옷을 입은 아이들이 파란색 마루에서 뛰놀고 있었어요. 빛의 요정이 미소를 지으며 그 아이들에 대해 설명해 주었어요.

"이 아이들은 아직 태어나지 않은 아이들이야. 이곳에서 태어날 날을 기다리고 있지."

그때 한 아이가 다가와 물었어요.

"세상에 태어나면 재밌을까?"

"그럼, 정말 재밌어."

틸틸이 대답했어요.

"넌 어떻게 태어났는데?"

"그건 너무 오래전이라 잊어버렸는걸."

"태어날 때 엄마들이 저 문 밖에서 기다리고 있다는 게 사실

일까? 엄마들은 모두 좋은 사람들이라고 하던데 그것도 참말인지 궁금해."

"그럼, 엄마는 세상에서 가장 좋은 사람이야."

이번에는 미틸이 대답해 주었어요.

그때 한 아이가 틸틸과 미틸에게 달려왔어요.

"형! 누나! 난 곧 있으면 형과 누나의 동생으로 태어날 거야!"

"네가 우리 동생이라고?"

틸틸은 깜짝 놀랐어요.

"정말이야?"

미틸은 기쁜 얼굴로 아이의 손을 덥석 잡았어요.

"응, 다음 부활절이 되기 전 일요일에 태어날 거야. 우리 집은 어떤 곳이야?"

"우리 집은 무척 행복하단다."

틸틸과 미틸은 한목소리로 말했어요.

그때 지진이 난 것처럼 땅이 울리더니 정면에 있던 거대한 돌문이 열리기 시작했어요. 파란 옷을 입은 아이들은 돌문 주변으로 우르르 모여들었어요. 문틈으로 파란 빛이 쏟아져 들어왔어요.

빛의 요정은 틸틸과 미틸에게 나지막하게 속삭였어요.

"어서 기둥 뒤로 숨어! 시간의 아버지가 보면 위험해!"

기둥 뒤로 몸을 숨긴 뒤 틸틸이 물었어요.

"왜 저 문이 열리는 거예요?"

"오늘은 몇 명의 아이들이 태어나는 날이란다. 그래서 시간의 아버지가 세상에 태어날 아이들을 데리러 왔단다."

커다란 문이 열리고 밝은 아침햇살이 미래의 나라를 환하게 비추었어요. 눈부신 햇살 속에서 황금빛 돛을 펼친 배가 출항을 기다리고 있었어요. 배 안에서 주황색 밧줄로 엮은 사다리가 내려오더니, 한 손에는 큰 낫을 들고 다른 손에는 모래시계를 든 노인이 천천히 걸어 나왔어요. 바로 시간의 아버지였어요.

"자, 밀지 말고 한 줄로 서라! 오늘 배에 탈 아이들은 모두 스무 명이다."

시간의 아버지가 아이들을 한 명씩 보며 말했어요.

"이 녀석, 넌 10년 후에 오너라! 나를 속이면 못쓴다! 거기 너, 오늘은 네 차례인데 왜 가까이 오지 않는 거냐?"

"저는 태어나고 싶지 않아요."

아이는 뒤로 물러서며 말했어요.

“이미 결정된 일이야! 너는 세상에 가서 큰 영웅이 될 거야!”

시간의 아버지는 그 아이까지 배에 타는 것을 보고 나서 배에 탄 아이들의 수를 세었어요.

“이런, 한 명이 모자라잖아? 누가 숨어 있는 거냐?”

그러자 아이들 틈에 몸을 숨기고 있던 여자아이와 남자아이가 걸어 나오며 애원했어요.

“우리는 헤어지고 싶지 않아요.”

“안 돼! 이제 390초밖에 남지 않았다. 어서 타렴.”

시간의 아버지는 강제로 남자아이를 배에 태웠어요.

드디어 배가 출항했어요. 멀리서 아이들이 외치는 음성이 들려왔어요.

“와, 세상이다! 정말 아름다운 곳이야!”

잠시 뒤에는 엄마들이 아이들을 환영하면서 부르는 기쁨과 희망의 노래가 들렸어요. 시간의 아버지는 커다란 돌문을 닫고 뒤에 남겨진 아이들을 바라보았어요. 그러다가 기둥 뒤에 틸틸과 미틸이 숨어 있는 것을 보고 말했어요.

“아니? 너희는 여기 어떻게 들어왔지?”

시간의 아버지는 험상궂은 표정으로 낫을 휘두르면서 다가왔어요. 그러자 빛의 요정이 다급하게 외쳤어요.

"틸틸, 다이아몬드 단추를 돌려!"

그 말을 듣고 틸틸이 재빨리 다이아몬드를 돌렸어요. 그 덕분에 모두 무사히 그곳을 빠져나왔어요.

파랑새는 우리 집에

"여기는 어디지?"

틸틸은 눈을 깜박이며 주변을 둘러보았어요.

"잘 보렴."

빛의 요정이 웃으며 말했어요.

그때 미틸이 소리쳤어요.

"와, 여긴 우리 집이야! 집에 돌아왔어!"

틸틸과 미틸은 집에 돌아오자 크게 안심이 되었어요.

"이제 우리 모두 헤어질 시간이란다."

빛의 요정이 슬픈 표정으로 아이들에게 말했어요.

"하지만 아직도 파랑새는 찾지 못했어요. 이웃집 할머니께서

매우 슬퍼하실 텐데 걱정이에요."

틸틸이 시무룩한 얼굴로 말했어요.

"너희는 최선을 다했어. 그거면 된 거야."

빛의 요정이 틸틸과 미틸을 위로했어요.

빵의 요정과 불의 요정은 틸틸과 미틸에게 작별 인사를 하고 먼저 제자리로 돌아갔어요. 물의 요정과 사탕의 요정도 제자리로 돌아갔어요. 개와 고양이도 원래 모습으로 돌아갔지요.

"이제 내 차례구나. 얘들아, 잘 있으렴. 난 언제나 너희들 곁에 있을 거야. 찬란한 햇빛, 고요한 달빛이나 눈부신 별빛, 혹은 새벽빛을 보면 날 생각하렴."

빛의 요정이 마지막으로 틸틸과 미틸의 뺨에 입을 맞추었어요.

다음 날 아침, 창문 너머로 아침햇살이 들어와 방 안을 환하게 비추었어요. 틸틸과 미틸은 침대 위에 잠들어 있었어요.

"이 잠꾸러기들, 어서 일어나렴!"

엄마가 방으로 들어와 큰 소리로 아이들을 깨웠어요.

틸틸은 벌떡 일어나 엄마 품으로 뛰어들었어요.

"엄마, 오랜만이에요, 정말 보고 싶었어요!"

"그게 무슨 소리니, 틸틸? 우리는 어젯밤에도 인사를 했잖아."

미틸도 눈을 비비면서 엄마 품으로 뛰어들었어요.

"우리가 너무 오랫동안 여행을 해서 엄마도 외로웠지요?"

"무슨 소리니, 미틸? 꿈이라도 꾼 모양이로구나."

엄마는 사랑스런 두 아이에게 입맞춤을 하며 말했어요.

"저희가 할머니, 할아버지도 만났어요. 두 분은 무척 행복해 보이셨어요."

아이들의 말에 귀를 기울이던 엄마가 급히 아빠를 불렀어요.

"여보! 어서 와 봐요. 아이들이 이상해요!"

놀란 아빠가 서둘러 아이들 방으로 들어왔어요. 아이들은 아빠 품으로도 반갑게 뛰어들었어요. 아빠는 아이들을 꼭 안으면서 말했어요.

"걱정할 것 없어. 아이들은 이렇게 씩씩한걸!"

그때였어요. 누군가가 문을 두드렸어요. 문을 열어 보니 이웃집 할머니였어요.

"수프를 끓이려고 하는데 성냥이 없어서 빌리러 왔어요."

틸틸과 미틸은 할머니를 보자마자 파랑새가 떠올랐어요.

"할머니, 죄송해요. 파랑새를 찾지 못했어요."

틸틸이 울상이 된 얼굴로 말했어요. 엄마는 아이들의 말에 몹시 당황했어요.

"죄송해요, 할머니. 아이들이 아침에 일어나서 계속 이상한 소리를 하네요."

"괜찮아요. 아이들이 다 그렇죠, 뭐! 꿈을 꾸었나 보군요. 우리 손녀도 자주 그래요."

할머니는 알 듯 말 듯 미소를 지으며 말했어요.

"참 손녀는 좀 어때요?"

엄마가 안부를 물었어요.

"휴, 병이 낫지를 않아서 걱정이에요."

"참, 손녀분이 항상 새를 갖고 싶어 했다죠? 틸틸, 그 애한테 크리스마스 선물로 네 새를 주지 않겠니?"

엄마가 틸틸을 돌아보며 물었어요.

"파랑새가 아니어도 괜찮다면 가져가세요!"

틸틸은 이렇게 말하며 새장을 가리켰어요.

그러다 깜짝 놀랐어요. 새장 안에 그렇게도 찾아 헤매던 파랑새가 있었거든요.

"파랑새예요! 파랑새가 우리 집에 있었어요. 할머니, 이 파랑새를 손녀한테 갖다 주세요. 틀림없이 병이 나을 거예요."

틸틸은 기쁜 마음으로 파랑새를 할머니에게 건넸어요.

"고맙구나! 넌 정말로 착한 아이로구나!"

할머니는 기뻐하며 새장을 들고 돌아갔어요.

틸틸과 미틸은 집안 구석구석을 둘러보았어요.

"엄마, 아빠, 우리 집이 훨씬 아름다워졌어요. 엄마와 아빠도 훨씬 멋있고요."

틸틸은 행복하게 웃으며 말했어요.

그때 다시 문 두드리는 소리가 들렸어요. 문을 열자 아름다운 소녀가 파랑새를 품에 안고 서 있었어요. 할머니가 뒤따라와 눈물을 훔치며 기쁜 소식을 전했어요.

"기적이 일어났어요! 손녀가 파랑새를 주니까 침대에서 벌떡 일어났지 뭐예요."

틸틸은 소녀에게 가까이 다가가 말했어요.

"넌 빛의 요정과 꼭 닮았구나. 파랑새가 예쁘니?"

"응. 정말 예뻐."

"내가 먹이 주는 법을 알려 줄게."

틸틸이 이렇게 말하며 파랑새에 손을 뻗을 때였어요. 파랑새가 소녀의 손에서 빠져나가 하늘로 훨훨 날아가 버렸어요.

"어머 파랑새가 날아가 버렸어!"

소녀가 울상을 지었어요. 틸틸이 소녀를 달래며 약속했어요.

"울지 마. 내가 다른 파랑새를 잡아 줄게. 진짜 행복을 가져다 주는 파랑새는 멀리 있지 않거든."

- 내용 확인하기
- 생각 나누기
- 신 나게 활동하기
- 생생 독후감

엄마와 함께하는 독후 활동

내용 확인하기

1. 크리스마스이브 날 밤, 틸틸과 미틸은 왜 앞집에 사는 아이들을 부러워했나요?

예시 틸틸과 미틸은 집이 가난해서 크리스마스 선물을 받지 못하는데, 앞집에 사는 아이들은 맛있는 음식과 선물에 둘러싸여 친구들과 즐겁게 크리스마스를 보내고 있었기 때문이다.

2. 한밤중 틸틸과 미틸의 집을 찾아온 이웃집 할머니는 어떤 모습을 하고 있었나요?

예시 이웃집 할머니는 키가 작고 등에는 커다란 혹이 불룩하게 솟아 있었다. 코는 얼마나 긴지 턱에 닿을 듯했고, 코끝이 선인장 꽃처럼 붉었다. 다리도 절어 지팡이를 짚고 있었다.

3. 이웃집 할머니가 틸틸과 미틸에게 왜 파랑새를 찾아와 달라고 부탁했나요?

예시 할머니의 손녀가 아파서 누워 있는데 파랑새가 있으면 행복할 것이라고 해서 아이들에게 파랑새를 찾아와 달라고 부탁했다.

4. 할머니가 준 모자의 단추를 누르자 어떤 일이 일어났나요?

예시 할머니가 아름다운 여왕으로 변하고, 초라한 집도 보석을 박은 듯 반짝반짝 빛났다. 또 빵의 요정, 사탕의 요정, 물의 요정, 개의 요정, 고양이의 요정, 빛의 요정이 나타났다.

5. 틸틸과 미틸은 할머니의 부탁으로 파랑새를 찾으러 여행을 떠나기 전에 추억에 나라에 가서 누구를 만났나요?

예시 돌아가신 할머니와 할아버지를 만났다.

6. 틸틸과 미틸이 밤의 궁전에서 첫 번째 비밀의 문을 열자 무슨 일이 일어났나요?

예시 동굴에서 불행을 안겨 주는 유령들이 한꺼번에 빠져나왔다.

7. 틸틸과 미틸이 밤의 나라에서 발견한 파랑새는 어떻게 되었나요?

예시 밤의 나라를 나오자마자 머리를 늘어뜨린 채 죽고 말았다.

8. 숲의 나라에서 틸틸과 미틸은 나무 요정들과 동물들이 공격해 오자 어떻게 위기를 벗어났나요?

예시 빛의 요정이 모자에 있는 다이아몬드 단추를 돌리라고 하자 틸틸이 서둘러 단추를 돌렸다. 그러자 나무 요정들과 동물들이 놀라서 허둥지둥 달아났다.

9. 행복의 나라에서 틸틸이 다이아몬드 단추를 누르자 무슨 일이 일어났나요?

예시 살찐 사치의 요정들이 풍선처럼 쭈글쭈글해지고, 건강의 행복, 맑은 공기의 행복 등 진짜 행복들이 모습을 드러내고 어머니의 사랑의 기쁨과 같은 커다란 기쁨들도 다가왔다.

10. 미래의 나라에서 틸틸과 미틸은 세상에 나가길 기다리는 아기들을 만났어요. 아기들은 어떻게 세상에 갔나요?

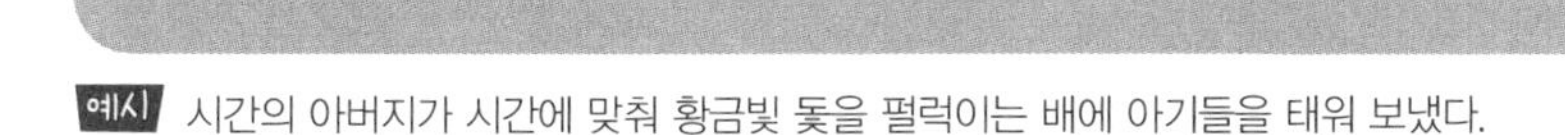

예시 시간의 아버지가 시간에 맞춰 황금빛 돛을 펄럭이는 배에 아기들을 태워 보냈다.

11. 크리스마스 날 아침, 틸틸과 미틸은 이웃집 할머니를 보고 왜 미안해했나요?

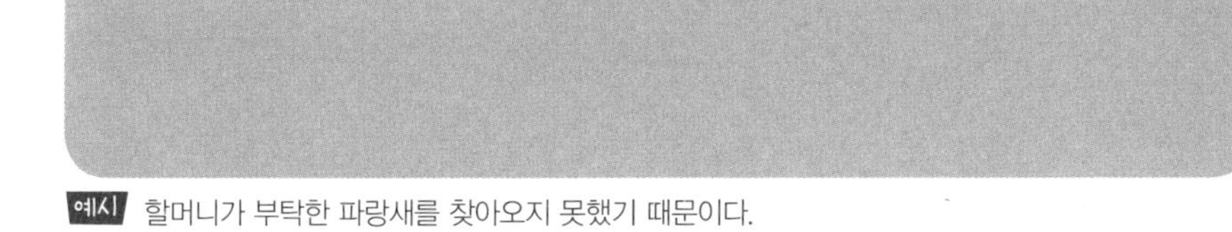

예시 할머니가 부탁한 파랑새를 찾아오지 못했기 때문이다.

12. 틸틸이 새장에 있는 파랑새를 선물하자 할머니의 손녀에게 어떤 일이 일어났나요?

예시 할머니의 손녀가 파랑새를 보자마자 병이 나아 침대에서 벌떡 일어났다.

생각 나누기

1. 틸틸과 미틸은 이웃집 할머니의 부탁을 받고 차마 거절하지 못해 파랑새를 찾아 모험을 떠났어요. 어려움에 처한 이웃을 볼 때 여러분은 무엇을 할 수 있을지 생각해 보세요.

2. 행복의 나라에서 만난 행복의 요정 중 여러분이 가장 가까이 두고 싶은 행복은 무엇인지 생각해 보세요.

3. 행복의 나라에서 틸틸과 미틸은 진짜 행복과 가짜 행복을 만났어요. 진짜 행복과 가짜 행복을 구분하는 기준이 무엇일지 생각해 보세요.

4. 틸틸과 미틸은 가까이에 있는 행복을 보지 못하고 행복이 멀리 있다고 생각했어요. 여러분 가까운 곳에는 어떤 행복이 있는지 생각해 보세요.

5. 틸틸과 미틸은 파랑새를 찾으러 여러 곳을 다녔지만 결국 찾지 못했어요. 그토록 찾아다니던 파랑새가 왜 가난한 틸틸과 미틸의 집에 있었을지 생각해 보세요.

신 나게 활동하기

- 엄마와 함께 '행복'을 주제로 생각 그물을 만들어 보세요. 여러분이 생각하는 행복, 엄마가 생각하는 행복이 얼마나 비슷한지 보세요.

내가
생각하는 행복

신 나게 활동하기

• 책 속의 인물에게 내 마음을 담은 선물을 주세요.

• 선물을 주고 싶은 사람 :

• 주고 싶은 선물:

• 이유:

• <파랑새>를 재미있게 읽었나요? 오래오래 기억에 남을 수 있도록 독서 기록장을 정리해 보세요.

책 제목

지은이

읽은 날짜 년 월 일 ~ 년 월 일

등장인물

줄거리

느낀 점

생생 독후감

〈파랑새〉를 읽고

파랑새는 어디 있을까? 이 책은 불행이 무엇인지 행복이 무엇인지 생각할 수 있게 해 준다. 크리스마스이브 날 밤 찾아온 이웃집 할머니는 손녀가 병에 걸렸는데 파랑새를 갖고 싶어 한다고 했다. 할머니는 틸틸과 미틸에게 파랑새를 찾아 달라고 하며 시간 여행을 하는 마법 모자를 준다. 모자에 달린 다이아몬드를 돌리자 빵의 요정, 물의 요정, 개의 요정, 고양이의 요정, 사탕의 요정, 빛의 요정이 나타났다. 요정들을 만나서 정말 재미있었을 것 같다.

추억의 나라에서 틸틸과 미틸은 할머니, 할아버지의 도움으로 파랑새를 잡았는데 새장 속에 들어간 파랑새는 검은색이 되어 버렸다.

밤의 나라에서는 밤의 여왕과 불행의 유령, 병의 유령, 전쟁의 유령 등을 만난다. 숲의 나라에서는 나무 요정들과 동물들의 공격을 받기도 했다. 행복의 나라와 미래의 나라에도 갔다.

마지막으로 도착한 곳은 집이었다. 틸틸과 미틸은 새장 안에 있던 파랑새를 할머니의 손녀에게 주었다. 손녀에게 파랑새를 찾아 준 틸틸과 미틸이 멋지다. 그런데 이상하다. 집에 있던 새가 어떻게 파랑새가 되었을까? 상상의 나라로 흠뻑 빠져들게 만드는 재미있는 책이다.

경기도 용인시 대청초등학교 장휘수